Sofia e outros contos

Luiz Vilela ilustrações de Ricardo Dantas

Prêmio Jabuti 2010
3º lugar
categoria juvenil

1ª edição
4ª tiragem
2014
Conforme a nova ortografia

Editora Saraiva

Gerente editorial: ROGÉRIO CARLOS GASTALDO DE OLIVEIRA
Editora-assistente e preparação de texto: KANDY SGARBI SARAIVA
Auxiliar de serviços editoriais: RUTE DE BRITO
Suplemento de trabalho: ROSANE PAMPLONA
Revisão: PEDRO CUNHA JR. (COORD.)
Gerência de arte: NAIR DE MEDEIROS BARBOSA
Supervisão de arte: VAGNER CASTRO DOS SANTOS
Projeto gráfico, capa e produção: AEROESTÚDIO
Produtor gráfico: ROGÉRIO STRELCIUC

Dados Internacionais de Catalogação na Publicação (CIP)
(Câmara Brasileira do Livro, SP, Brasil)

Vilela, Luiz
Sofia e outros contos / Luiz Vilela ; ilustrações de Ricardo Dantas. — São Paulo : Saraiva, 2009. — (Coleção Jabuti)

ISBN 978-85-02-07496-5
ISBN 978-85-02-07497-2 (professor)

1. Contos – Literatura infantojuvenil I. Dantas, Ricardo. II. Título. III. Série.

08-11748 CDD-028.5

Índices para catálogo sistemático:
1. Contos: Literatura infantojuvenil 028.5
2. Contos: Literatura juvenil 028.5

Editora Saraiva

Rua Henrique Schaumann, 270
CEP 05413-010 – Pinheiros – São Paulo-SP

SAC
0800-0117875
De 2ª a 6ª, das 8h30 às 19h30
www.editorasaraiva.com.br/contato

200290.001.004

sofia

Já tinham brincado muito, e agora estavam reunidos ao pé do poste, pensando numa coisa nova para fazer. Ainda era cedo, a noite apenas começara.

— Vamos mexer com a Sofia? — propôs um.

Sofia era a dona do mercadinho — a vítima predileta deles. Pintavam o sete com ela. Sofia assustava-se com nada, e isso os deliciava. Viviam assombrando-a: vozes estranhas chamando lá fora, e ninguém (estavam no telhado), caveira de mamão verde com vela acesa dentro, capas, máscaras horrorosas, o caixote de lixo que sumia, o ferro de abaixar a porta que sumia, ratos, sapos, lagartixas aparecendo de repente, minha nossa!, quase desmaiava, dessa vez eu chamo o guarda, mas nunca chamava o guarda, e tudo o que fazia era ameaçar os meninos, agitando o gordo braço:

— Eu vai contar bra seu pai, menino! Eu vai contar bra seu pai!

Eles riam, alegres, distantes do braço dela.

— Raledine baculé, pé de turco tem chulé!

— Moleques! Sembregonhas!

— Sofia guer gombra galinha de raça? Cadê os urubus que você comprou, hem, Sofia? Cadê as galinhas de raça?

Caíam na risada.

Sofia queria correr, mal saía do lugar, gorda, pernas gordas, braços gordos, uma tonelada de gordura.

— Ainda me pagam, lê! — gritava, enquanto os meninos se afastavam.

— Praga — xingava, tornando a entrar no mercadinho, onde, no balcão, ia encontrar um sapo morto. — Moleques...

De vez em quando havia trégua: o dia em que chegavam tomates. Vinham três, quatro caixotes. Os meninos apareciam, quietos, sérios. Ficavam por ali, conversando, simulando indiferença.

Sofia chegava até a porta, olhava para um lado da rua, olhava para o outro, espichava o pescoço como se estivesse procurando alguém (não procurava ninguém, sabiam), dava uma cuspida no chão (sempre dava a cuspida).

— Ei — dizia, na sua voz grossa, de homem, as mãos na cintura: — chegou tomate hoje.

(Eles já sabiam, e ela sabia que eles já sabiam.)

Displicentes:

— É?...

Pouco depois estavam sentados em caixotes vazios,

trapos na mão, ágeis, limpando os tomates, para que eles põem esse pó?, é para conservar, separando os bons num caixote, os amassados em outro, jogando os podres no lixo, disputando quem limpava mais depressa.

Sofia no meio deles, contando casos — de vez em quando uma exclamação na língua dela: deve ser nome feio, pensavam —, dando gargalhadas, sacudindo-se toda, esquecida das brigas. Às vezes comia um tomate: enfiava-o inteiro na boca, as bochechas estufavam.

Terminado o serviço, ela fazia o pagamento: um saquinho de balas para cada um.

Uma vez — era aniversário dela —, limparam tomates das sete às dez da noite, até fechar o mercadinho.

Na hora de pagar:

— Não é nada, não. Hoje é aniversário da senhora...

Sofia ficou olhando, a boca aberta. Foi falar, mas sua voz grossa, de homem, de repente ficou fina e sumiu, os olhos úmidos.

Cada um deu nela um abraço, estavam comovidos com suas lágrimas, ela querendo dizer alguma coisa, mas nada, os lábios trêmulos, os olhos úmidos.

— Vocês viram?

— Chorando...

— Ela grita com a gente, mas ela é boazinha...

— É para gritar mesmo; do jeito que nós fazemos com ela...

— Eu vou dizer: se fosse eu, não ficava assim, não.

— Eu também.

— Ela diz que vai chamar o guarda, mas ela nunca chamou.

— Nós judiamos dela.

— Sabem? Eu pensei uma coisa, não sei se vocês topam: a gente não mexer mais com ela. O que vocês acham?

— Eu topo.

— Eu também.

— Engraçado, eu também tinha pensado nisso, mas fiquei com vergonha de dizer.

— Fazer um juramento: ninguém mais mexer com ela. Topam?

Todos topavam. Um até quis ir contar para ela na hora.

— Não, deixa ela ir notando aos poucos: uê, os meninos estão diferentes...

— Já pensaram o tanto que ela vai achar bom?

— Se vai...

E ali, no poste, todos de pé, fizeram o juramento.

— Para sempre.

— É: para sempre.

Uma semana depois a lâmpada da entrada do mercadinho sumia, uma perereca saltava de um saquinho de papel, um busca-pé estourava debaixo do balcão, e Sofia agitava o gordo braço no passeio, enquanto eles corriam.

— Moleques! Sembregonhas! Eu vai contar bra seu pai! Eu vai chamar o guarda!

Um dia Sofia adoeceu. Nunca mais tornaram a vê-la. Miguel, seu irmão, é que passou a tomar conta do mercadinho. Com ele não mexiam: não tinha graça.

E um dia Sofia morreu. Comentaram, na cidade, que era de tanto comer que ela morrera. Contavam que o médico a mandava fazer regime e ela não obedecia. Ela dizia:

— Sofia morre, mas morre de barriga cheia.

feliz natal

Quase. Se não dobra a esquina, daria de cara com ele — logo Geraldo, seu companheiro de serviço. Não tinha nem graça: seria reconhecido na hora. Puxa, que sorte; escapara por pouco. Agora estava é intrigado: que diabo fora Geraldo fazer ali, no seu bairro? Não tinha a menor ideia. Mas noite de Natal é assim mesmo: a gente encontra as pessoas que menos espera. Isso servira de aviso. Todo o cuidado era pouco. Era preciso o máximo de atenção.

Na ida correra tudo bem. A única pessoa conhecida que ele encontrara foi a mulher do açougueiro. Ela havia saído de repente da farmácia. Ele pensou em dar meia-volta ou então atravessar para o outro lado, mas resolveu arriscar e pôr à prova o seu disfarce. Foi sensacional: a mulher nem suspeitou — olhou para ele como para um estranho, e continuou tranquilamente o caminho. Sensacional.

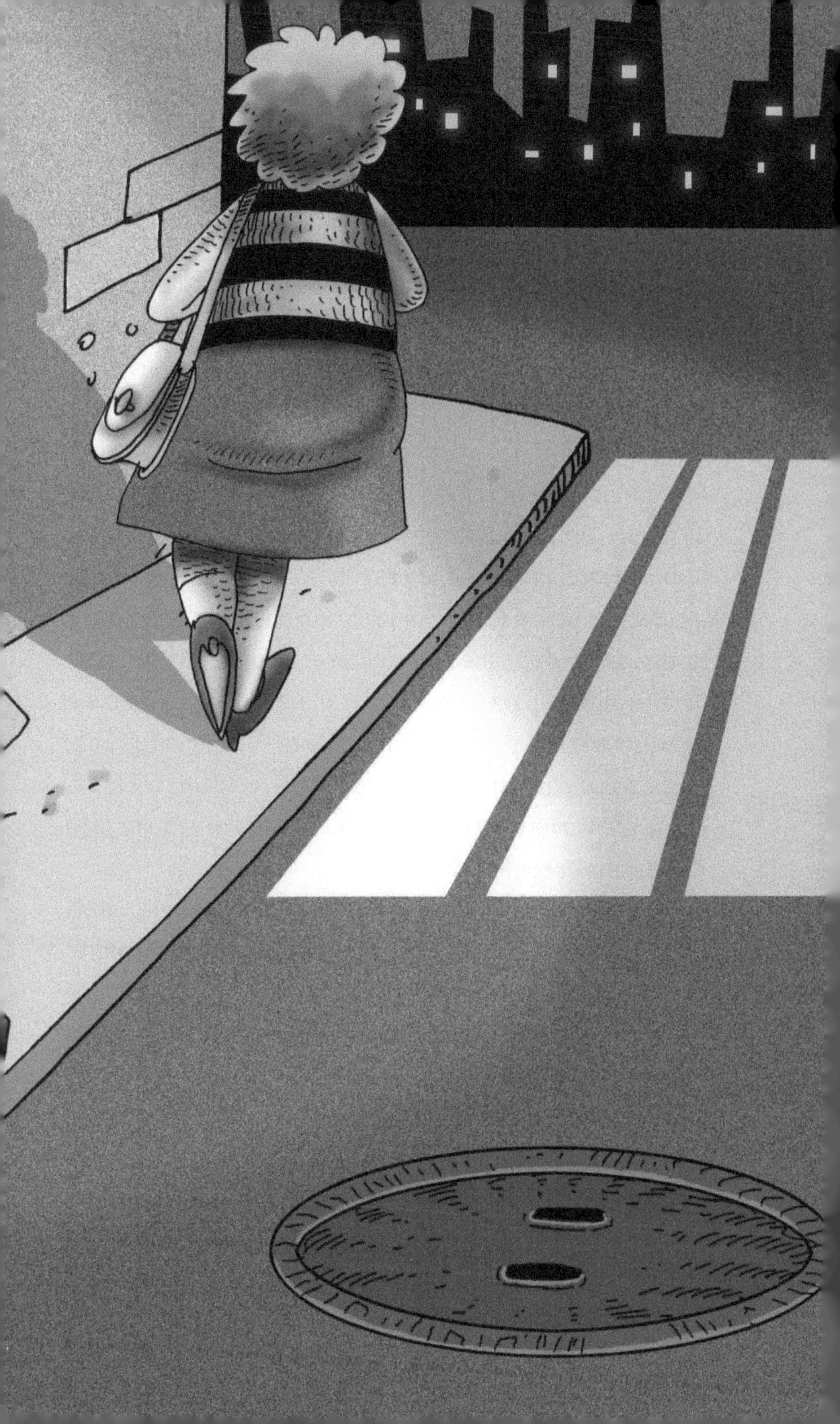

Mas, também, caprichara antes de sair: ficara quase uma hora se preparando. Partira o cabelo do outro lado, deixara meio crescida a barba, vestira uma capa de xantungue que havia anos não usava (à tarde chuviscara um pouco), pusera uns óculos verde-escuros, comprados de um camelô e que não chegara a usar nenhuma vez, e ainda pegara a piteira do tempo em que fumava. Nem sua mãe, se o visse na rua, o reconheceria — ele pensou, contemplando no espelho aquela estranha figura.

Mas não, não era bem assim; havia gente danada. A mulher do açougueiro nem de longe percebera, mas havia gente que, por um pequeno detalhe, já descobria. E, em seu caso, havia um detalhe perigoso: ele mancava um pouco da perna direita. Quando viu a mulher, temendo ser reconhecido por esse detalhe, apelou para uma solução que, depois, lhe pareceria genial: como não podia ocultar o defeito — a menos que parasse, o que chamaria mais a atenção —, resolveu acentuá-lo, mancando fortemente. E passou de liso. Foi perfeito. Isso deu-lhe maior confiança.

Mas não podia se descuidar, nem um só minuto. Ainda mais agora, na volta, quando trazia, sob o braço, o embrulho. Na ida, se, apesar de tudo, fosse reconhecido, poderia inventar que estava se dirigindo a algum lugar; e quanto ao disfarce, as pessoas que o conheciam já o consideravam tão estranho que certamente não se admirariam de mais aquela esquisitice. Em último caso, poderia dar uma resposta qualquer. Como, por exemplo: assim como Cristo nascia àquela noite, ele decidira renascer como um outro homem, começando pela roupa. Uma bobagem qualquer desse tipo.

Não seria problema. O problema maior era agora, com aquele embrulho, pois certamente perguntariam o que era aquilo, e aí ele poderia se enroscar. O melhor mesmo seria não encontrar ninguém. O que não era fácil, pois aquela zona estava cheia de conhecidos.

O perigo não estava só na calçada; estava também na rua, nos carros que passavam: dentro de um deles poderia estar um conhecido. Esse perigo era maior na hora de atravessar a esquina, quando ele ficava esperando uma oportunidade — o trânsito estava muito movimentado — e então se expunha inteiramente à vista dos outros. Mas os carros estacionados não eram menos perigosos: às vezes pensava que não havia ninguém dentro e, quando ia passando, pronto, lá estava um conhecido. E o pior é que ele tinha uma certa dificuldade em enxergar as pessoas dentro dos carros...

Chez Nunes, Esconderijo, Brasa, Juca's: lá estavam, nos quarteirões acima, os luminosos coloridos, chamando com um ar frenético para as conversas e bebedeiras em ambientes alegres. Os carros, estacionados nos dois lados da rua, deixavam apenas uma faixa estreita, por onde escorria, devagar e incessante, um rio de faróis acesos. Passar ali? Seria um suicídio. Se bem que se sentia tentado: só para provar de novo, e com maior risco, o seu disfarce. Mas claro que ele não faria isso: seria cometer uma loucura. Em vez disso, tomar a esquerda, aquela ruazinha estreita — que não era muito menos perigosa: havia nela várias residências de conhecidos, e ali, para fugir, só na meia-volta, pois atravessar a rua não adiantaria nada, uma vez que ela era estreita. Em todo o caso, risco por risco, aquele era muito menor.

Primeiro uma boa olhada: ninguém à vista. Em frente, pois. Caminhar devagar, pronto para voltar atrás ao menor sinal de perigo. Nos portões, nenhuma pessoa. Um carro estacionado: não, não havia ninguém dentro. Agora a casa de Gildásio, no outro lado. Como calculara: muita gente lá. Marta, Celinha, Rogério, Souza: estavam conversando e bebendo no alpendre. E Ritinha — Ritinha! Se ela olhasse para ali, era bem capaz de reconhecê-lo. Ele estaria perdido. Retroceder ou continuar? Continuar. Andar rápido, rápido... Pronto: passara. Mas correra um perigo imenso: Ritinha reconhecia uma pessoa até a léguas de distância; ela era terrível. Atravessar agora, para evitar o próximo perigo: a casa do Doutor Melquíades. Já devia estar todo o mundo lá também, em plena comemoração. Não se enganara: a casa cheia, gente no jardim. Aquele, no murinho, era Wander; estava sozinho e fumava, olhando para a rua. Perigo à vista. Mancar fortemente. Ir passando tranquilo. Ele está me olhando; está me olhando. Pronto, virara a esquina.

Ufa!... — respirou, com alívio. Dera para suar. Ainda bem que este quarteirão agora era tranquilo. Mas nem pensara isso direito, um grito veio de um carro parado: "Ranulfo!" Seu coração foi lá embaixo. Mas ele não parou, foi andando, foi andando, não se chamava Ranulfo, não se chamava Ranulfo. A voz não tornou a chamar. Teria a pessoa acreditado ser engano? Ou estaria chamando algum outro Ranulfo, no prédio em frente ao qual o carro estava estacionado? Não sabia nem queria saber: o fato é que escapara, e agora já estava quase chegando à outra esquina, andando depressa. É o que continuaria a fazer nos três quarteirões que ainda restavam: andaria depressa, não pararia para nada. Se alguém o chamasse, ele continuaria a andar, e se alguém o cumprimentasse, ele não responderia. O que poderia acontecer é que alguém, reconhecendo-o, estranhasse a sua pressa e quisesse ir atrás para saber o que havia, ou, então, aparecesse mais tarde em seu apartamento. Isso poderia acontecer; mas e os riscos que também corria andando devagar? Assim, pelo menos, chegaria mais depressa.

Ah, a hora que atravessasse a porta de seu apartamento; a hora que entrasse, trancasse a porta à chave e colocasse o pega-ladrão... Depois de passar por todos aqueles perigos... Aquele grito quase o matara de susto. Seria ele mesmo ou algum outro Ranulfo? Não conhecia nenhum ali, na vizinhança. Mas claro que poderia ser outro. Seu nome não era comum, mas também não era tão raro assim. Não reconhecera aquela voz; se a tivesse reconhecido, seria fácil saber. Mas o pior mesmo fora ele quase dando de cara com Geraldo. Imagine, logo Geraldo. Que diabo, gente, estaria Geraldo fazendo por ali, tão longe de onde morava? Estaria paquerando alguma mulher? Ou, quem sabe, teria ido ao seu apartamento procurá-lo?

Enfim: lá estava seu prédio. Mais um quarteirão, e ele estaria à porta. E então vinha o perigo maior de todos: o porteiro. Se o porteiro o visse entrando, tudo estaria perdido. Conseguira sair sem ser visto por ele. Agora, muito mais importante, a parte decisiva, seria entrar sem ser por ele visto. Para isso, teria de esperar uma oportunidade: o porteiro ser chamado a algum apartamento ou então descer para abrir a garagem, pois já passara das dez.

Ficou sob a marquise do armazém em frente ao prédio. Agora era esperar e torcer para que algum conhecido que saísse do prédio não o reconhecesse. Enquanto esperava, viu dois que saíram, mas não houve perigo: nenhum olhou na sua direção. Um cabeludo, que acabara de sair do elevador, conversava com o porteiro. Era um inquilino novo e, se ele não se enganava, o sujeito tinha um Opala. Parece que acertara: o porteiro dera a volta ao balcão, e os dois desceram a escada que dava para a garagem. Era a hora: mais que depressa, atravessou a rua, entrou no prédio e foi subindo a escada. Então diminuiu o passo. O elevador seria uma loucura, mas a escada era também bastante perigosa: era preciso ir devagar, pronto para agir com rapidez. Enquanto subia, ia escutando o barulho de conversas, risadas e músicas que vinha dos apartamentos, vários dos quais de gente que o conhecia. Seu maior medo era na hora que atingia um novo andar. Mas, dessa vez, ele teve sorte: não deu com ninguém.

E assim, bufando de cansaço e emocionalmente exausto, chegou ao décimo andar, onde morava — para descobrir que, exatamente agora, na última etapa de sua caminhada, o maior dos azares o esperava: a porta do apartamento vizinho, diante do qual tinha de passar para ir ao seu apartamento, estava aberta, e havia gente na sala, conversando. Encostou-se à parede, na mal iluminada curva da escada, e quase chorou de raiva. Logo agora! Logo no fim! O que faria? O que poderia fazer? Aquela porta não seria tão cedo fechada. Sentou-se desolado na escada, entregando os pontos. Agora só mesmo um milagre.

Então ouviu o barulho forte de uma batida de carro lá fora, na rua — e percebeu, de repente, que o milagre desejado acontecera: todo o mundo devia ter corrido para a sacada.

Devia ou não, ele resolveu arriscar: pôs a piteira bem ostensiva, firmou os óculos, baixou a cabeça e foi. Ninguém na sala — ele acertara. Muito rápido e sem fazer ruído, girou a chave na porta, abriu-a, entrou no apartamento e fechou a porta — tudo sem o menor barulho. Colocou o pega-ladrão. Então, pôs o embrulho sobre a mesa e foi para o quarto: deixou-se cair na cama e nela se afundou, com todo o peso de seu cansaço, suspirando profundamente.

Assim ficou, sem se mover, com o apartamento todo no escuro, durante uma meia hora. Então se levantou, caminhou até a copa e acendeu a luz. Foi ao banheiro urinar; deixou de dar a descarga, para não fazer barulho. Evitava fazer qualquer barulho, até na hora de ligar ou desligar o interruptor de luz. Nada devia ser ouvido lá fora que indicasse a sua presença em casa. Até andar: andava de macio, para que o morador do apartamento de baixo, seu conhecido, não o ouvisse. Porta, ele não atenderia a nenhum chamado. As persianas descidas: ninguém veria a luz da copa.

Então, tranquilo e certo de que não seria perturbado por ninguém, e agora comodamente em seu pijama e de chinelos, ele sentou-se à mesa. Pegou o embrulho, que era um saco de papel, amarrado na ponta. Desamarrou-o calmamente e tirou de dentro dois embrulhos menores. Abriu o primeiro: uma garrafa de vinho. Abriu o segundo: um pacote de azeitonas pretas, curtidas no óleo. Alisou as mãos, satisfeito. Pegou no armário ao lado um cálice de vidro e um paliteiro. Pôs o vinho até encher o cálice. Depois espetou uma azeitona — mas antes de comê-la, ergueu o cálice no ar e disse: "Feliz Natal!"

as neves de outrora

“Vamos e venhamos”, disse minha tia: “que benefícios trouxe para nós essa porcaria da televisão?”

Embora ela seja uma senhora bastante recatada, às vezes se deixa levar pela emoção e solta um pouco a língua. Quem a visse falando assim pensaria em arteriosclerose, e talvez tivesse alguma razão. Mas, para mim, uma das maiores qualidades de Tia Natália é exatamente esta, a de que quando ela gosta ou não gosta de alguma coisa, ela não faz segredo, ela diz mesmo.

Ela sabia que, ao criticar a televisão, estava indo contra a maioria das pessoas e, com isso, correndo o risco não só de ser de certo modo marginalizada — o que, na sua idade, teria consequências penosas —, mas também o de ser olhada como obscurantista, saudosista e outros adjetivos parecidos, que, em seu caso, não seriam de modo algum justos. Todos sabem que Tia Natália foi sempre uma grande defensora do progresso, bastando lembrar que, na cidade, foi ela a primeira mulher a possuir e a dirigir automóvel — o que, aliás, segundo contam, era causa de profundo escândalo. Além disso, foi por sua influência que nossa cidade viu pela primeira vez um avião. E, assim, outras coisas.

Acontecia, apenas, que na televisão ela não via nenhum benefício. É evidente que ela exagerava, e até eu, que só ligo televisão para ver futebol — e, portanto, não me sinto muito inclinado a defender esse meio de comunicação —, respondi, aquela hora, que também não era assim, que havia alguns benefícios.

"Que benefícios?", ela perguntou.

A resposta que estava em minha boca era: "Futebol, por exemplo" — mas pensei que, ao invés de contrariar o seu ponto de vista, essa resposta iria certamente favorecê-lo. Gosto muito de futebol e o acho mesmo da maior importância, mas se uma pessoa que detesta televisão — ainda mais uma senhora de certa idade — vem e me pergunta que benefícios a televisão trouxe para a cidade, e eu falo em futebol, vamos e venhamos, como diz minha tia, não é lá uma resposta muito convincente.

Por isso, preferi enrolar qualquer coisa e tornar a dizer que havia, sim, alguns benefícios, e aí teci algumas considerações sobre o tema "o progresso é uma faca de dois gumes", lembrando inclusive que Tio Alarico morrera num desastre de automóvel. Tal alusão poderia parecer a quem não conhece minha tia um ato de indelicadeza; mas não era, o fato já esfriara, já passara à história da família, e a própria Tia Natália, quando a ele se refere, o faz sem emoção — pelo menos emoção visível.

E, depois, vamos ser justos: se falei em coisas que admiro na minha tia, vou agora falar numa coisa que não admiro. Tia

Natália escuta muito mal as pessoas. Não por surdez, mas por um defeito de personalidade que o tempo foi cada vez mais agravando. Ela só escuta a si mesma, e o diálogo com ela raramente chega a existir. Daí que as minhas considerações sobre o progresso caíram no vácuo de sua inatenção.

Inatenção não é bem a palavra, pois o curioso é o seguinte: enquanto a gente fala, Tia Natália fica em silêncio, e quem não a conhece julga que ela está escutando tudo, cada palavra. De repente, na primeira brecha — ou antes de qualquer brecha, cortando a fala do outro —, ela entra com uma frase que nada mais é que a sequência ou a repetição do que ela já dissera, e aí a pessoa descobre que em todos aqueles minutos ela estivera inteiramente alheia, sem escutar nada.

Tia Natália é assim. Isso é um defeito que me irrita bastante. Desde rapazinho eu notava isso nela e, às vezes, para me divertir e de certo modo me vingar, no meio da conversa eu dizia uma frase que não tinha nada a ver com o assunto, como: "Era uma vez um gato pedrês, que caiu num buraco e virou três." Ou: "Glub strock duk lak?"

Isso provocava, no máximo, um "como?" ou "hem?", ao que eu respondia: "Nada, não." E o monólogo prosseguia. Confesso, meio envergonhado, que é uma coisa que mesmo hoje, aos trinta anos, e com todo o respeito e todo o carinho que eu tenho por minha velha tia, de vez em quando ainda torno a fazer. É por causa da irritação de que falei.

Se não há, como eu disse, possibilidade de um verdadeiro diálogo, por outro lado, inteligente e observadora como é minha tia, a gente sempre ganha muito em escutá-la, mesmo na sua idade. Aliás, seu espírito parece não dar a menor bola para

o corpo; se este está cada vez mais sumido, aquele parece estar cada vez mais vivo, cada vez mais irrequieto.

Assim é que, naquela visita que lhe fiz — eu estivera alguns anos fora e voltara à minha cidade para passar uns dias —, dela ouvi muita coisa interessante. Conversamos principalmente sobre as transformações ocorridas na cidade, e como a televisão era, com certeza, a mais profunda, foi da televisão que nós mais falamos.

O assunto começou quando contei à Tia Natália uma experiência que eu tivera aqueles dias. Era meu costume, quando chegava à cidade, dar uma voltinha pela rua; encontrava, então, conhecidos dando também sua volta ou parados à porta de casa, "tomando a fresca" — expressão que, sem dúvida, daqui a alguns anos ninguém mais usará, se é que ainda a usam. Mas, daquela vez, tinha sido diferente: depois de andar um pouco, comecei a perceber que eu era a única pessoa a caminhar por aquelas ruas, a que a recente iluminação de acrílico dava um ar de solidão e irrealidade. Essa observação foi logo seguida de outra: a de que as pessoas estavam todas em casa — vendo televisão. Depois que percebi isso, estendi minha caminhada a outras ruas — todas praticamente desertas — e ia olhando os interiores das casas. Era, em todas, a mesma coisa: eu mal batia o olho, via o reflexo da televisão. Voltei para casa impressionado.

Mais impressionado ainda fiquei no dia seguinte, quando, ao comentar com um amigo a minha caminhada, ele me olhou muito sério e disse: "Tome cuidado, hem? Está perigoso andar de noite na rua." Eu respondi que era cedo, e, por isso, não havia perigo. Ele: "Você está por fora: esses dias mataram um sujeito ali, na praça, e não eram nem nove horas ainda; e só foram descobrir bem mais tarde."

Puxa, pensei, eu sabia que aquelas coisas existiam em cidades como Nova York, Londres, Tóquio; mas ali, na minha cidade, naquela mesma praça onde eu, menino, ficava correndo com os outros meninos por entre os bancos com namorados e por entre as árvores, naquelas mesmas ruas que eu percorria interminavelmente nos meus tormentos e exaltações da adolescência?

"É", eu disse para meu amigo, "acabou tudo..."

"Tudo o quê?", ele perguntou, não percebendo de que eu falava.

Mas minha tia percebeu, porque ela também estava vendo e sentindo as mesmas coisas.

E ficamos os dois a lamentar.

"As pessoas já não fazem mais visitas", disse ela.

"Já não há mais gente nas ruas e nas praças", eu disse.

"Onde estão aquelas rodas de família e aquelas longas conversas de antigamente?"

"*Où sont les neiges d'antan?*"

"Como?"

"As neves de outrora."

"Aquelas conversas em que a gente ficava até tarde e comia biscoito com café..."

"Aqueles biscoitos de grude", eu disse, "aqueles grandões, que a gente quebrava e comia fazendo barulho; leite com açúcar queimado; deitar na grama da calçada, os bichinhos batendo na luz do poste e a gente conversando sobre doidos e assombrações; o cheiro das magnólias no jardim, o céu com tantas estrelas e a lua, a lua..."

o monstro

Sob o sol quente da tarde, acompanhando nos radinhos de pilha, a multidão esperava, diante do velho prédio da polícia. Lá dentro, em algum cômodo, estava "o monstro" — o monstro que, durante vários dias, aterrara a região com seus crimes bárbaros e misteriosos e que, por fim, depois de longas buscas, havia sido capturado. Agora ele estava lá dentro, preso, bem vigiado, cercado de soldados, e em pouco ouviriam a sua voz, saberiam como ele era, como fizera tudo aquilo e por que fizera.

"É um momento de tensa expectativa, meus caros ouvintes", dizia o locutor da rádio, "um momento esperado há dias por todos nós, dias que pareceram séculos; mas, finalmente, com o auxílio da Divina Providência e o trabalho desses valorosos homens da polícia, que não pouparam esforços na captura do perigoso facínora, aqui está ele, por trás das grades, e dentro em pouco estaremos face a face com o monstro, o bandido sanguinário e cruel, que ceifou várias vidas, levando o luto às famílias e espalhando o pânico por toda a nossa região. É um momento que nos faz fremir de expectativa..."

Dentro do prédio, numa sala, abafada com o calor e a fumaça dos cigarros, homens da imprensa, vindos das principais capitais do país, se misturavam com soldados, aguardando também a aparição do prisioneiro. Um ventilador antigo, desenterrado aquele dia de algum armário e colocado num canto, esforçava-se inutilmente para refrescar a sala.

Por fim, depois de tanta espera, a porta se abriu, e, escoltado por dois soldados e um capitão, "o monstro" apareceu, sendo logo cercado pelos jornalistas, locutores de rádio, fotógrafos e câmeras de televisão.

Era um sujeito loiro e miúdo, novo ainda. Ele estava assustado com aquela súbita multidão ao seu redor.

— Vamos com calma, minha gente — disse o capitão; — vocês vão ter muito tempo para fazer as perguntas e tirar fotografia. Vamos com calma...

O capitão foi avançando pelo espaço que diante dele iam abrindo, até uma cadeira, na qual, então, fez o preso sentar-se.

— Vamos afastar um pouco aí, senão o rapaz não tem nem jeito de respirar; vamos abrir um pouco aí...

O preso, sentado, de mãos algemadas, olhava assustado para aquelas caras todas ao seu redor e aquelas máquinas.

— As perguntas terão de ser feitas a mim — explicou o capitão, de um modo a não deixar dúvidas sobre a sua autoridade; — nenhuma pergunta poderá ser feita diretamente ao preso. Está claro? Podem começar.

"O nome dele", começou um repórter.

— Seu nome — o capitão disse, falando para o preso; — qual é o seu nome?

— Meu nome? João.

— João de quê?

O preso olhava assustado ao redor.

— João de quê? — repetiu o capitão.

— João da Silva.

O capitão olhou para a reportagem.

"A idade dele", pediu outro repórter.

— Qual é a sua idade? — perguntou o capitão.

— Não sei — respondeu o preso, falando baixo, mal abrindo a boca.

— Você não sabe quantos anos você tem?

— Anos? Acho que é vinte.

"Acho...", um repórter comentou, rindo, com outro.

— De onde que você é? — perguntou o capitão, atendendo outro repórter. — De que lugar?

— Lugar? — o preso respondeu, fazendo uma cara de quem não entendera.

— Você nasceu onde?

— Nasci no mato.

Houve riso no pessoal.

— Onde que é esse mato?

— Onde? Perto de uma fazenda.

— E essa fazenda, ela é perto de alguma cidade?

— Cidade? É.

— Como que é o nome dela?

— Nome? Esqueci.

— Esqueceu? Você não lembra o nome da cidade?

O capitão voltou-se para o repórter:

— Ele disse que não lembra o nome.

"Pergunte sobre os pais dele."

— Seus pais — disse o capitão; falava alto, como se o preso fosse surdo. — Você tem pai e mãe?

— Mãe morreu.

— E seu pai?

— Pai? Não sei.

— Você não sabe onde que ele está?

— Não.

— Ele está vivo?

— Vivo? Acho que está.

O capitão olhou para o repórter.

— Vamos afastar um pouco aí, gente — ele disse; — desse jeito, o preso não pode nem respirar...

Outra pergunta. O capitão escutou atentamente e voltou-se de novo para o preso:

— Quantas pessoas você matou?

— Pessoas? Acho que é sete.

— Acha? Você não sabe quantas ao certo?

Os olhos do preso moviam-se assustados.

— Acho que é sete — tornou a dizer.

O capitão voltou-se para a reportagem.

"Por quê", um repórter pediu, por que ele matara as pessoas; e "de que modo".

— Por que você matou essas pessoas?

— Por quê? Não sei.

— Você não gostava delas?

— Eu?

— Por que você matou as pessoas? Foi para roubar? Você roubou alguma coisa delas?

— Roubei.

— Dinheiro?

— Dinheiro não.

— O que você roubou?

O preso olhou ao redor.

— O que você roubou?

— Comida.

— Você tinha fome?

— Tinha.

— Que tipo de comida você roubou?

— Tipo?

— Você roubou açúcar, não roubou?

"De quase todas as vítimas ele roubou açúcar", um repórter explicou para outro, que estranhara a pergunta.

— Por que você roubou açúcar? Fala alto, todo o mundo aqui quer ouvir.

— Para comer.

— Você gosta muito de açúcar?

— Gosto.

O capitão voltou-se para os jornalistas, o rosto com um incontido sorriso, que ele disfarçou passando os dedos pelo bigode. Tinha feito cuidadosamente o bigode aquela manhã, depois de um demorado banho: seria fotografado e televisionado, seu rosto apareceria em jornais de todo o país e no vídeo de milhares de televisões. Era um dia excepcional, e ele precisava ir bonito.

"Como que ele matou as pessoas", lembrou um outro repórter.

— Como que você matou essas pessoas?

— Como?

— Como que você fez para elas morrerem?

— Tiro. Se não morria, aí dava paulada.

Houve um certo suspense na reportagem.

"Pergunta se ele achava bom matar", disse outro repórter.

— Você não tinha dó dessas pessoas? — o capitão perguntou.

"Se ele achava bom matar", insistiu o repórter.

O capitão olhou-o friamente, e voltou-se para o preso:

— Você tinha dó?

— Acho que tinha — disse o preso.

O capitão olhou para a reportagem:

— Mais perguntas?

"Pergunta se ele tem medo da polícia", quis saber outro repórter.

— Você tem medo da polícia?

— Tenho.

"E de Deus", continuou o repórter.

— E de Deus?

— Deus?

— Você acredita nele?

— Acredito.

— E medo dele, você tem?

— Tenho.

Outro repórter: "Se ele fez alguma coisa com as mulheres."

— Você fez alguma coisa com as mulheres?

— Como?

— As mulheres que você matou: você fez alguma coisa com elas?

— Fiz — disse o preso, os olhos mexendo-se rápidos.

— O que você fez?

Respondeu quase sem mexer a boca, os repórteres chegaram mais perto para ouvir.

— Fala alto — disse o capitão; — não precisa ter medo, todo mundo aqui é seu amigo.

— Fiz arte — disse o preso.

No rosto do capitão, dessa vez, o sorriso foi mais forte que sua intenção de manter uma aparência impassível. Os jornalistas riam, houve um relaxamento geral em que todos, ali dentro, sentiram-se bem e amigos.

— Mais alguma pergunta? — o capitão disse, depois daquela pausa. — Ou podemos encerrar? O preso já deve estar cansado...

"Pergunta se ele quer dizer alguma coisa a nós", disse um

repórter com ares mais humanitários e, pelo jeito, convicto de que sua pergunta fora a melhor ali.

— Você quer dizer alguma coisa a eles? — perguntou o capitão.

O preso correu rápido os olhos pelos rostos ao redor.

— Você quer dizer? — repetiu o capitão.

O preso moveu a cabeça em direção a ele. O capitão se inclinou para ouvir.

Então, tornando a erguer-se, o capitão olhou para os jornalistas: tinha uma expressão contrafeita, como se não houvesse jeito de comunicar aquilo.

— Ele disse que quer um retrato — contou, e o riso apareceu no rosto de todos.

"Um retrato, meus caros ouvintes, é isso o que ele tem para nos dizer. Quando, em alguns lares enlutados, as lágrimas não pararam ainda de rolar, esse homem, com a mesma frieza com que cometeu os seus bárbaros crimes, vem agora pedir, a nós que o interrogamos, um retrato... Seria isso a demonstração de um cinismo monstruoso, ou seria, como querem alguns, a prova de que o celerado não passa de um débil mental, incapaz de responder pelos seus atos? Aqui fica a pergunta, que deixamos aos senhores, no encerramento de mais esta reportagem de sua rádio preferida..."

A multidão ia se dispersando, comentando sobre o que tinha ouvido.

Do prédio saíam os jornalistas.

— Decepção... — dizia um repórter a outro. — Vim esperando encontrar um monstro e encontro esse pobre-diabo...

— Eu também — disse o outro. — Esperava coisa bem melhor. Mas, pelo menos, houve uns lances bons.

— Isso houve.

— E pode dar uma boa matéria, você não acha?

— Claro.

zoiuda

Zoiuda... Foi numa noite que ele conheceu Zoiuda. Foi numa noite — e nem poderia ser de outra forma, já que, como as prostitutas e as estrelas, as lagartixas também são seres da noite e só nela, ou de preferência nela, se mostram — que ele a viu pela primeira vez.

Era uma sexta-feira, e ele tinha acabado de chegar da rua: quando se aproximou da talha para tomar um copo d'água, lá estava a lagartixa, na parede, perto do vitrô que dava para a área de serviço do apartamento onde ele morava, no décimo andar.

Era esbranquiçada, um pouco mais cabeçudinha que o comum, e quase rabicó. Mas foram os olhos, foram os olhos o que mais lhe chamou a atenção: exorbitados, duas bolinhas brilhantes, parecendo duas miçangas.

Observou-a mais um pouco, acabou de tomar a água e, o corpo pedindo cama depois dos muitos copos de chope, foi dormir.

Na noite seguinte — de novo o bar, de novo as conversas e as bebidas, conversas e bebidas que só serviam para matar o tempo e para matar dentro dele alguma coisa que ele não sabia bem o que era, mas que sabia ser essencial —, ao chegar em casa, acender a luz da cozinha e se aproximar da talha, viu de novo a lagartixa, quase no mesmo lugar da véspera. Sim, era ela, ele não tinha a menor dúvida, apesar de estar meio de porre: ali estava o toquinho de rabo, ali estavam os olhos, os olhos desmedidos.

"Zoiuda", disse, como que batizando-a. Nela, nenhuma reação, a não ser, pareceu-lhe, estatelar mais ainda os já de si estatelados olhos. E ficaram os dois novamente se olhando, ele pensando se haveria naquela cabecinha algo como o pensamento, algo que...

Na terceira noite, domingo — o mesmo bar e os mesmos amigos e as mesmas conversas e bebidas —, ele, num momento de quase convulsivo tédio ("isso mesmo", se diria depois, "convulsivo tédio"), lembrou-se de Zoiuda, isolando-se por alguns minutos do ambiente ao redor, um leve sorriso lhe aflorando aos lábios.

"O que foi?", perguntou a amiga que estava a seu lado, na mesa. "Estou lembrando da Zoiuda", ele respondeu. "Aquela dos nossos tempos de faculdade?", perguntou a amiga. "Não", ele disse, "é outra; essa eu acho que nem chegou a prestar o vestibular..."

"Zoiuda, Zoiudinha", disse em voz alta, depois de entrar em casa e acender a luz. Como em quase todas as noites, foi direto à cozinha. Mas... Zoiuda não estava lá. Não estava. Ficou meio decepcionado. Tinha certeza que... Chamou-a — uma vez, duas, três —, esperando que ela, ouvindo sua voz, aparecesse, vinda lá de fora, da área ou até do paredão do prédio. Mas ela não apareceu.

"Essas mulheres...", disse. "A gente não pode mesmo confiar..." Se bem que, ele pensou, não só lagartixa não era mulher, como aquela talvez nem fêmea fosse, pois lera uma vez que nas espécies animais o macho quase sempre tem a cabeça maior. Além disso, a cauda...

A cauda, a cabeça... E havia mais alguma coisa ainda, alguma coisa de que ele estava até agora, de manhã, no carro, tentando se lembrar, enquanto se dirigia para a escola (uma escola pública num dos mais distantes bairros da capital, onde dava aulas de português para um bando de adolescentes desinteressados e distraídos). Não, não se lembrava; podia desistir. Mas, também, diabo, que importância tinha aquilo? Nenhuma, nenhuma importância.

"Apareceu uma lagartixa no meu apartamento", contou, no intervalo. "Uma?", o colega admirou. "Pois lá em casa, uma ocasião, tinha umas trezentas. Mas aí eles me ensinaram um veneno, e eu pus: não ficou uma, nem uma só pra contar a história. Se você quiser, eu posso te passar o nome..."

"Eu tenho pavor", confessou a colega, "eu tenho pavor de lagartixa. Se eu souber que tem uma dentro de casa, eu simplesmente não durmo. Uma vez eu quase telefonei chamando o corpo de bombeiros, vocês acreditam?"

"Acho que eu sou meio maluco", ele disse, "acho que eu sou mesmo meio maluco" — mas nenhum dos dois estava mais prestando atenção nele.

À noite, naquela plena segunda-feira, ele não saiu, substituindo o bar pela TV — a mesmice pela idiotice, pensou. Sentou-se, só de short (era outubro, um calorão danado), acomodou-se na poltrona da sala, pegou o controle remoto e ligou a televisão.

Algum tempo depois, sentindo sede, foi até a cozinha e... "Zoiuda!", exclamou, com a alegria de um menino; "você está aí!..." Estava; ali estava ela de novo, próxima à talha, e, como sempre, permaneceu impassível — ou lá dentro, aquela hora, o minúsculo coração também estaria batendo um pouquinho mais forte?...

O certo é que, entre aparições e desaparições, entre o atento silêncio dela e as peremptórias declarações dele — "Zoiuda, tirando a minha mãe, você é a única criatura que eu amo hoje no mundo" —, Zoiuda passou a ser para ele uma... uma espécie de companhia. Afinal, num apartamento onde havia somente ele de gente e onde, por dificuldade em criá-los, não havia cachorro, gato ou passarinho, ela era uma presença, um ser vivo a quem ele podia dirigir a palavra, embora não houvesse resposta — mas para que resposta? Não queria resposta, queria apenas falar; apenas isso. "Né, Zoiuda?"

E assim, como nas histórias antigas, foram se passando os dias. Até que, tendo de fazer uma viagem e se ausentar por uma semana, ao voltar, ele não viu mais Zoiuda. Partira ela para outras bandas? Morrera? Ele não sabia. O fato é que não a viu mais, em nenhuma noite.

Sentiu ele falta de Zoiuda? Imagine, imagine um homem sentir falta de uma lagartixa... Claro que não sentiu. Mas sentiu — tinha de admitir — que aquele apartamento ficara um pouco mais vazio e aqueles fins de noite um pouco mais tristes.

amanhã eu volto

Noventa anos.

— Estou ficando cega.

O ponteiro grande no três: quando chegar ao nove, irei embora.

— Conheci que era você pela voz. Assim mesmo, só quando você entrou na sala; antes disso eu não tinha ouvindo nada. Estou ficando surda também, completamente surda. Ontem o carro do alto-falante passou lá fora, convidando para o enterro do Estêvão, e eu não ouvi. Estava lá no alpendre, sentada, e não ouvi. Depois é que me contaram. Os velhos estão morrendo todos. Há pouco tempo foi o Demerval. Depois a Raimunda. E agora o Estêvão. Éramos amigos há tanto tempo, e não fui nem ao enterro dele.

Os olhos úmidos.

— A senhora não teve culpa, Vovó.

Ela não ouviu.

Enxuga os olhos com um lencinho encardido, tirado de dentro do vestido. Com o mesmo lenço, assoa o nariz.

Recoloca os óculos: detrás das lentes, embaçadas de dedo, duas manchas esverdeadas — o que foram, um dia, os mais belos olhos da cidade.

As mãos, enrugadas e cheias de pintas, alisam o forro da mesa. Unhas cortadas de maneira desigual, sujas de preto nas extremidades.

Noventa anos: a brancura do cabelo já não tem mais idade.

— Sua mãe disse mesmo que você vinha aqui esses dias, mas eu já estava perdendo a esperança. Quanto tempo faz que você não vinha aqui? Precisa vir mais, conversar com esta sua avó rabugenta... Os outros netos parece que até já esqueceram que eu ainda estou viva. Os filhos estão sempre muito ocupados. Os vizinhos dão uma prosinha no portão, e é só. E eu fico lá, no quarto, chocando. Fazer, eu não posso fazer nada, por causa da vista. As pernas também não ajudam: tem hora que eu sinto tanta bambeza nelas que, se eu não segurar em alguma coisa perto, eu caio. Daqui a uns dias não posso nem mais sair de casa. Ontem fui dar uma chegadinha à Dea. Na calçada foi fácil, mas, na hora de atravessar a rua, foi a maior dificuldade: além de eu não enxergar se vinha automóvel, as pernas pareciam pernas de menino de um ano. E quando chego lá, a Dea ainda espalha comigo.

— A senhora não deve sair assim.

— Como?...

— A senhora não deve andar sozinha na rua.

— Não ouvi direito...

— Estou dizendo que é perigoso a senhora andar na rua: a senhora pode ser atropelada.

— Atrapalhada?

— Atropelada!

— Ah, sei...

As mãos alisando o forro.

Um sorriso:

— Como é, e a moça? Continua firme?

— Continua.

— Hem?

— Continua!

— Ela é bonita? Ouvi dizer que ela tem os olhos muito bonitos...

— É.

— De que cor que eles são?

— Verdes.

— Hem?

— Verdes! Como os da senhora!

— Será que sai casamento mesmo?

— Não sei, vamos ver. Preciso arranjar um dinheirinho primeiro.

— Mineirinho?

— Dinheirinho! Dinheiro! Preciso arranjar um dinheiro primeiro!

— Ah, sei...

Os noventa anos desaparecem com o sorriso.

— Assim é que deve ser... Casar sem dinheiro é que não se deve, não adianta; acaba apertando um e outro, não é mesmo?

— É isso.

Tamborila os dedos na mesa.

A cristaleira quase vazia: um jogo de chá; dois copos grandes, com listas vermelhas, restos de um jogo que foi se quebrando; uma fruteira; uma manteigueira; uma colher comum. Tudo sob uma poeira fina.

Na parede, uma folhinha de bloco — atrasada mais de mês.

Ouço um barulho de vassoura no quintal: é Maria, a empregada. Vinte anos com Vovó, as duas sozinhas na casa. O quarto de Maria dá para a cozinha, que dá para o quintal: de noite ela introduz furtivamente o homem. Em outro quarto, no escuro — Vovó rezando com seu terço, de contas grandes e negras —, os ouvidos, que não ouvem mais, ouvem até a respiração dos amantes. Depois Vovó conta, em voz baixa, para as filhas, pedindo-lhes que não falem nada com Maria. Elas falam. Maria, então, não atende mais quando Vovó chama; faz café doce porque Vovó gosta de café amargo; deixa a comida ficar fria; não despeja o urinol; chama Vovó de ingrata e diz que vai deixá-la sozinha, quer ver se ela arranja outra. Vovó engole seco e não responde; vai chorar no quarto. No dia seguinte está de cama, passando mal — e Maria, de olhos assustados, anda desatinada pela casa, chorando e pedindo que não deixem morrer a única pessoa que ela tem no mundo.

O ponteiro já está no sete.

Quando cheguei, o dia estava luminoso e quente, e os pardais saltitavam nos galhos da árvore em frente à janela. Depois escureceu e esfriou. E agora cai uma chuvinha fina, e os pardais sumiram.

— Diga alguma coisa; por que você está tão calado? Está parecendo o seu pai...

— Está chovendo.

— Chovendo?

Ela não pode ver nem ouvir a chuva.

— Daqui não enxergo. É uma tristeza não poder enxergar. Gostaria tanto de fazer um crochezinho... Seria uma distração... Houve um tempo em que eu fazia muito, uns anos atrás, quando eu tinha a vista melhor. Passava o dia fazendo crochê. Mas agora... Se eu estivesse escutando bem... Se eu estivesse ouvindo bem, eu podia escutar rádio: gosto tanto desses noticiários, saber o que está acontecendo no mundo... Mas mesmo pondo alto e chegando o ouvido perto, ainda perco muita coisa. É uma tristeza. Olha aqui: hoje recebi na porta este cartão, mas foi o mesmo que não receber, porque não consegui ler... Quer ver para mim o que é?

Um casal de amigos participando o nascimento de um filho. Eu leio o cartão em voz alta.

— Pois é, e eu não consegui ler nada...

Seus olhos estão olhando para mim e não me veem.

— Ainda está chovendo?

— Está.

— Hem?

— Está!

— Coitado do Estêvão... Ele está lá uma hora dessas, debaixo da chuva... Eles não quiseram me contar. Se tivessem contado, eu teria ido ao enterro. Éramos amigos há tanto tempo... Desde a infância. Fomos colegas de grupo. Eu não sabia nem que ele estava doente; escondem tudo de mim. Ele deve ter sentido eu não ter ido visitá-lo, mas eu não sabia; na hora do enterro eu estava lá no alpendre, sentada, sem saber de nada. Quando ele ficava doente e eu ia visitá-lo, ele ficava tão alegre, custava a me deixar ir embora: "Não, Sinhazinha, fique mais um pouco, ainda é cedo..."

Começa a chorar de novo. Que posso dizer a ela?

O ponteiro chegou ao nove. Levanto-me. Ela me segura o braço:

— Não, senta aí; não vai embora, não.

— Preciso ir, Vovó.

— Não, vamos conversar mais, a prosa está boa.

Sua mão, gelada, me agarra o braço com força.

— Eu tenho de ir, Vovó, outra hora eu volto.

— Volta nada.

— Volto sim.

— Vamos conversar mais; eu fico sozinha lá no quarto, sem ter o que fazer. Senta aí.

— Eu tenho de ir mesmo, senão eu ficava.

— E a chuva? Está chovendo, você vai se resfriar.

— É uma chuvinha fina, e ela já está quase parando.

— Senta aí, vamos conversar mais. Não conversamos quase nada ainda. E o futebol domingo, você foi? Seu pai disse que você ia; foi?

— Fui.

— Foi bom?

— Foi.

— Senta aí, vamos conversar.

— Não, Vovó, eu tenho de ir mesmo. Outra hora eu venho, e aí nós conversamos bastante. Agora eu tenho de ir. Bênção.

Abraço-a.

— Amanhã eu volto.

Ela sorri e diz:

— Então volta mesmo.

Mas sabe que é mentira.

autor

Luiz Vilela nasceu em Ituiutaba, Minas Gerais, em 31 de dezembro de 1942. Começou a escrever aos 13 anos. Aos 14, publicou, nos jornais da cidade, seus primeiros contos. Aos 21, criou, em Belo Horizonte, com outros jovens escritores mineiros, a revista de contos *Estória* e o jornal literário de vanguarda *Texto*.

Em 1967, aos 24 anos, Luiz Vilela estreou na literatura brasileira com o livro de contos *Tremor de terra*, e com ele ganhou, em Brasília, o Prêmio Nacional de Ficção, disputado com 250 escritores, entre os quais vários já consagrados. Ganhou também, em 1973, com O *fim de tudo*, o Prêmio Jabuti de melhor livro de contos do ano.

Luiz Vilela é formado em Filosofia pela Universidade Federal de Minas Gerais. Foi redator e repórter do *Jornal da Tarde*, de São Paulo. Viveu algum tempo nos Estados Unidos, em Iowa City, como convidado do International Writing Program, e depois na Espanha, em Barcelona. De volta ao Brasil, comprou um sítio, onde passou a criar vacas leiteiras. Atualmente reside em sua cidade natal, dedicando todo o seu tempo à literatura.

Adaptado para o teatro, o cinema e a televisão, e traduzido para várias línguas, Luiz Vilela publicou até agora 14 livros, todos de ficção, sendo eles os romances *Os novos, O inferno é aqui mesmo, Entre amigos, Graça* e *Perdição,* as novelas *O choro no travesseiro, Te amo sobre todas as coisas* e *Bóris e Dóris*, e as coletâneas de contos *Tremor de terra, No bar, Tarde da noite, O fim de tudo, Lindas pernas* e *A cabeça*. Na Coleção Jabuti, ele já publicou também o livro *Boa de garfo e outros contos*.

ilustrador

Nasci em Salvador, Bahia, e muito cedo já pus os pés em um avião com destino a São Paulo.

Desde pequeno, adoro desenhar; ficava observando meu pai pintar quadros e acho que aprendi muito com ele.

Sou formado em Artes Plásticas pela Universidade Mackenzie. Desenhei para jornais, pintei quadros, estampei tecidos, fui diretor de arte em Portugal, fiz um pouco de tudo em artes visuais. Por tudo isso, acabei me apaixonando por teatro e cinema, estudei e me tornei ator profissional.

Já ilustrei livros, fiz cinema, teatro, televisão, desenho animado, plantei uma árvore e tenho um filho lindo. Graças a ele, ainda me sinto um aprendiz, e isso é muito bom!

Ricardo Dantas

COLEÇÃO JABUTI

4 Ases & 1 Curinga
Adeus, escola ▼◆▤⊠
Adivinhador, O
Amazônia
Anjos do mar
Aprendendo a viver ◆⌘■
Aqui dentro há um longe imenso
Artista na ponte num dia de chuva e neblina, O ✻★⌖
Aventura na França
Awankana ✎☆⌖
Baleias não dizem adeus ✻🕮⌖○
Bilhetinhos ✪
Blog da Marina, O ⌖✎
Boa de garfo e outros contos ◆✎⌘⌖
Bonequeiro de sucata, O
Borboletas na chuva
Botão grená, O ▼✎
Braçoabraço ▼⚐
Caderno de segredos ❏◎✎🕮⌖○
Carrego no peito
Carta do pirata francês, A ✎
Casa de Hans Kunst, A
Cavaleiro das palavras, O ★
Cérbero, o navio do inferno 🕮☑⌖
Charadas para qualquer Sherlock
Chico, Edu e o nono ano
Clube dos Leitores de Histórias Tristes ✎
Com o coração do outro lado do mundo ■
Conquista da vida, A
Contos caipiras
Da costa do ouro ▲⌖○
Da matéria dos sonhos 🕮☑⌖
De Paris, com amor ❏◎★🕮⌘⊠⌖
De sonhar também se vive...
Debaixo da ingazeira da praça
Delicadezas do espanto ✪
Desafio nas missões
Desafios do rebelde, Os
Desprezados F. C.
Deusa da minha rua, A 🕮⌖○
Devezenquandário de Leila Rosa Canguçu ✈
Dúvidas, segredos e descobertas
É tudo mentira
Enigma dos chimpanzés, O
Enquanto meu amor não vem ●✎⌖
Escandaloso teatro das virtudes, O ✈
Espelho maldito ▼✎⌘
Estava nascendo o dia em que conheceriam o mar
Estranho doutor Pimenta, O
Face oculta, A
Fantasmas ⌖
Fantasmas da rua do Canto, Os ✎
Firme como boia ▼⌖○
Florestania ✎
Furo de reportagem ❏✪◎🕮⚐⌖
Futuro feito à mão
Goleiro Leleta, O ▲
Guerra das sabidas contra os atletas vagais, A ✎
Hipergame ✍🕮⌖
História de Lalo, A ⌘
Histórias do mundo que se foi ▲✎✪
Homem que não teimava, O ◎❏✪⚐○
Ilhados
Ingênuo? Nem tanto...
Jeitão da turma, O ✎○
Lelé da Cuca, detetive especial ☑✪
Lia e o sétimo ano ✎■
Liberdade virtual ✎
Lobo, lobão, lobisomem
Luana Carranca
Machado e Juca †▼●☛☑⌖
Mágica para cegos
Mariana e o lobo Mall 🕮⌖
Márika e o oitavo ano ■
Marília, mar e ilha ▤⍉✎
Mataram nosso zagueiro
Matéria de delicadeza ✎☛⌖
Melhores dias virão
Memórias mal-assombradas de um fantasma canhoto
Menino e o mar, O ✎
Miguel e o sexto ano ✎
Minha querida filhinha
Miopia e outros contos insólitos
Mistério de Ícaro, O ✪⚐
Mistério mora ao lado, O ▼✪
Mochila, A
Motorista que contava assustadoras histórias de amor, O ▼●▤⌖
Muito além da imaginação
Na mesma sintonia ⌖■
Na trilha do mamute ■✎☛⌖
Não se esqueçam da rosa ♠⌖
Nos passos da dança
Oh, Coração!
Passado nas mãos de Sandra, O ▼◎⌖○
Perseguição
Porta a porta ■▤❏◎✎⌘⌖
Porta do meu coração, A ◆⚐
Primavera pop! ✪🕮⚐
Primeiro amor
Que tal passar um ano num país estrangeiro?
Quero ser belo ☑
Redes solidárias ◎▲❏✎⚐⌖
Reportagem mortal
Riso da morte, O
romeu@julieta.com.br ❏▤⌘⌖
Rua 46 †❏◎⌘⌖
Sabor de vitória ▤⌖○
Saci à solta
Sardenta ☛🕮☑⌖
Savanas
Segredo de Estado ■☛
Sendo o que se é
Sete casos do detetive Xulé ■
Só entre nós – Abelardo e Heloísa ▤■
Só não venha de calça branca
Sofia e outros contos ☺
Sol é testemunha, O
Sorveteria, A
Surpresas da vida
Táli ☺
Tanto faz
Tenemit, a flor de lótus
Tigre na caverna, O
Triângulo de fogo
Última flor de abril, A
Um anarquista no sótão
Um balão caindo perto de nós
Um dia de matar! ●
Um e-mail em vermelho
Um sopro de esperança
Um trem para outro (?) mundo ✖
Uma janela para o crime
Uma trama perfeita
Vampíria
Vera Lúcia, verdade e luz ❏◆◎⌖
Vida no escuro, A
Viva a poesia viva ●❏◎✎🕮⌖○
Viver melhor ❏◎⌖
Vô, cadê você?
Yakima, o menino-onça ♘✍○
Zero a zero

★ Prêmio Altamente Recomendável da FNLIJ
☆ Prêmio Jabuti
✻ Prêmio "João-de-Barro" (MG)
▲ Prêmio Adolfo Aizen - UBE
⍉ Premiado na Bienal Nestlé de Literatura Brasileira
☛ Premiado na França e na Espanha
☺ Finalista do Prêmio Jabuti
♘ Recomendado pela FNLIJ
✖ Fundo Municipal de Educação - Petrópolis/RJ
✪ Fundação Luís Eduardo Magalhães
● CONAE-SP
⌖ Salão Capixaba-ES
▼ Secretaria Municipal de Educação (RJ)
■ Departamento de Bibliotecas Infantojuvenis da Secretaria Municipal da Cultura/SP
◆ Programa Uma Biblioteca em cada Município
❏ Programa Cantinho de Leitura (GO)
♠ Secretaria de Educação de MG/EJA - Ensino Fundamental
☛ Acervo Básico da FNLIJ
✈ Selecionado pela FNLIJ para a Feira de Bolonha
✎ Programa Nacional do Livro Didático
🕮 Programa Bibliotecas Escolares (MG)
✍ Programa Nacional de Salas de Leitura
▤ Programa Cantinho de Leitura (MG)
◎ Programa de Bibliotecas das Escolas Estaduais (GO)
† Programa Biblioteca do Ensino Médio (PR)
⌘ Secretaria Municipal de Educação/SP
⊠ Programa "Fome de Saber", da Faap (SP)
⚐ Secretaria de Educação e Cultura da Bahia
⊠ Prefeitura de Santana do Parnaíba (SP)
○ Secretaria de Educação e Cultura de Vitória

Editora Saraiva

Sofia e outros contos

Luiz Vilela

Apreciando a Leitura

■ Bate-papo inicial

Heróis, sim, mas não com superpoderes ou habilidades extraordinárias. Os heróis que Luiz Vilela apresenta nestes seis contos são gente simples, com seus tímidos sonhos, frustrações e segredos. Pessoas que encontramos no cotidiano, todas muito parecidas com todas, mas absolutamente únicas dentro do seu pequeno universo.

■ Analisando o texto

1. No primeiro conto do livro, os "moleques" prometem que nunca mais vão aprontar com Sofia. Por que fazem essa promessa? Eles a cumprem?

R.: ____

____

2. Por que, no conto "As neves de outrora", o protagonista, quando rapazinho, dizia frases incompreensíveis no meio da conversa com sua Tia Natália?

R.: ______

3. Explique o motivo da decepção dos jornalistas após a entrevista com o prisioneiro no conto "O monstro".

R.: ______

4. Em "Zoiuda", o que leva o protagonista a se apegar a uma lagartixa?

R.: ______

10. Em "O monstro", o criminoso, longe de parecer um perigoso facínora, provocava até pena. Qual a sua opinião a respeito? Por que ele cometera tantos crimes? É possível uma pessoa ser tão inocente a ponto de não saber que está praticando crimes? O que deve ser feito com pessoas assim?
Discuta com seus colegas de equipe e depois organizem juntos um debate com a classe.

11. A avó, personagem do último conto, é uma pessoa que se queixa da solidão. Como vivem os idosos de sua família? Você faz algo para ajudá-los? É capaz de "perder" seu tempo fazendo uma visitinha àquela velha tia? Que tal organizar com seus colegas um evento, como um chá da tarde, e convidar seus parentes ou conhecidos idosos que vivem sós? Seria um grande benefício para eles e para vocês também, que poderiam ganhar com tudo aquilo que os mais velhos podem ensinar por meio de sua experiência.

12. Luiz Vilela é um dos melhores contistas brasileiros da atualidade. Conhecido em inúmeros países, ganhou o Prêmio Jabuti em 1973, e sua obra é objeto de estudo nas universidades. Ele também é autor de *Boa de garfo e outros contos*, também da Coleção Jabuti (Editora Saraiva). Que tal conhecê-la? Procure ler outros de seus contos. Alguns também estão disponíveis nas páginas especializadas da internet.

13. Os contos de Luiz Vilela fazem lembrar filmes que falam de pessoas simples, anônimas, mas únicas. Um deles é *Bagdad Café* (Alemanha, EUA, 1987), dirigido por Percy Adlon. É, como nos contos que você leu, uma mistura de simplicidade com genialidade. Organize-se com seus colegas para assistir a essa obra-prima!

Pesquisando

14. Sofia, protagonista do primeiro conto, morre, segundo dizem, de tanto comer. É possível alguém morrer por comer demais? Que tipo de comida? Com a ajuda do professor de Ciências ou de Biologia e também de *sites* de pesquisa, montem um painel coletivo mostrando o que seria a dieta alimentar ideal: os alimentos que devem ser evitados e os que devem fazer parte do dia a dia. Se preferirem, organizem-se em grupos, cada um responsável por um tema: o colesterol, a glicose, as vitaminas, as fibras e assim por diante.

15. Tia Natália, do conto "As neves de outrora", foi uma mulher pioneira em seu tempo. Suas atitudes provocavam escândalo. Mulheres como ela desencadearam uma revolução dos costumes no mundo ocidental. No Brasil, principalmente na década de 1960, as feministas começaram a pregar a liberdade para as mulheres. Quais foram as grandes conquistas do feminismo? Faça uma pesquisa, entrevistando as mulheres mais velhas de sua família: o que era proibido na época delas? O que era tabu? Em que setores as mulheres ainda podem conquistar direitos? Traga os resultados de suas entrevistas para a classe. Depois, organizem-se em grupos e ampliem a pesquisa, investigando outros setores relativos ao assunto, por exemplo: que direitos as mulheres conquistaram por meio de leis? Quem foram as grandes feministas do século XX? Que importância tiveram Simone de Beauvoir e Betty Friedan? E no Brasil, além de Bertha Lutz, que outras feministas ganharam destaque? Exponham o resultado de suas pesquisas para a classe. Para enriquecer a exposição, elaborem um cartaz com fotos ou figuras ilustrativas.

■ Redigindo

16. O conto "Feliz Natal" desenvolve-se numa atmosfera misteriosa e acaba deixando muitas perguntas no ar. Por que o protagonista queria passar despercebido? O que fazia, afinal, seu colega Geraldo naquele bairro? Reflita sobre isso e imagine que você não tenha lido o último parágrafo do conto. Sem deixar perder o clima de mistério, dê outra sequência à história, compondo uma narrativa de enigma. Experimente usar os recursos que o autor usou (veja a questão 6).

17. Escolha um colega para compor uma dupla. Vocês vão elaborar um questionário cuja finalidade é fazer entrevistas com pessoas nascidas antes de a televisão chegar ao Brasil (década de 1950). O objetivo é saber como a tevê mudou a vida das pessoas. Trouxe mais benefícios do que prejuízos? Quais os principais?

■ Trabalho interdisciplinar

18. Em "Zoiuda", uma das personagens demonstra um medo exagerado de lagartixas. Esse tipo de medo é mais frequente do que se imagina e está além das causas físicas; dependendo do caso, pode ser classificado como fobia ou pânico. Há pessoas que têm fobia de baratas, choques, lugares fechados, altura etc. Discuta com seus colegas esse assunto. Façam uma enquete para saber quem na classe tem alguma fobia. Convidem o professor de Ciências ou de Biologia para explicar a química do medo (que alterações provoca no organismo). Os professores de Português ou de História também poderão dar a colaboração deles, pois muitas dessas fobias têm nomes oriundos de radicais gregos (como aquafobia, acrofobia etc.). Há muitos livros, revistas e *sites* sobre o assunto. Bom trabalho!

Para qualquer comunicação sobre a obra, entre em contato:

SAC | 0800-0117875
De 2ª a 6ª, das 8h30 às 19h30
www.editorasaraiva.com.br/contato

Escola: ______________________________

Nome: ______________________________

Ano: ______________ Número: ______________

COLEÇÃO JABUTI

4 Ases & 1 Curinga
Adeus, escola ▼◆▤☒
Adivinhador, O
Amazônia
Anjos do mar
Aprendendo a viver ◆⌘■
Aqui dentro há um longe imenso
Artista na ponte num dia de chuva e neblina, O ✻★⌖
Aventura na França
Awankana ✏☆⌖
Baleias não dizem adeus ✻📖⌖○
Bilhetinhos ✪
Blog da Marina, O ⌖✏
Boa de garfo e outros contos ◆✏⌘⌖
Bonequeiro de sucata, O
Borboletas na chuva
Botão grená, O ▼✏
Braçoabraço ▼⚐
Caderno de segredos ❏◎✏📖⌖○
Carrego no peito
Carta do pirata francês, A ✏
Casa de Hans Kunst, A
Cavaleiro das palavras, O ★
Cérbero, o navio do inferno 📖☑⌖
Charadas para qualquer Sherlock
Chico, Edu e o nono ano
Clube dos Leitores de Histórias Tristes ✏
Com o coração do outro lado do mundo ■
Conquista da vida, A
Contos caipiras
Da costa do ouro ▲⌖○
Da matéria dos sonhos 📖☑⌖
De Paris, com amor ❏◎★📖⌘☒⌖
De sonhar também se vive...
Debaixo da ingazeira da praça
Delicadezas do espanto ✪
Desafio nas missões
Desafios do rebelde, Os
Desprezados F. C.
Deusa da minha rua, A 📖⌖○
Devezenquandário de Leila Rosa Canguçu ✈
Dúvidas, segredos e descobertas
É tudo mentira
Enigma dos chimpanzés, O
Enquanto meu amor não vem ●✏⌖
Escandaloso teatro das virtudes, O ✈
Espelho maldito ▼✏⌘
Estava nascendo o dia em que conheceriam o mar
Estranho doutor Pimenta, O
Face oculta, A
Fantasmas ⌖
Fantasmas da rua do Canto, Os ✏
Firme como boia ▼⌖○
Florestania ✏
Furo de reportagem ❏✪◎📖⚐⌖
Futuro feito à mão
Goleiro Leleta, O ▲
Guerra das sabidas contra os atletas vagais, A ✏
Hipergame ∽📖⌖
História de Lalo, A ⌘
Histórias do mundo que se foi ▲✏✪
Homem que não teimava, O ◎❏✪⚐○
Ilhados
Ingênuo? Nem tanto...
Jeitão da turma, O ✏○
Lelé da Cuca, detetive especial ☑✪
Lia e o sétimo ano ✏■
Liberdade virtual ✏
Lobo, lobão, lobisomem
Luana Carranca
Machado e Juca †▼●☞☑⌖
Mágica para cegos
Mariana e o lobo Mall 📖⌖
Márika e o oitavo ano ■
Marília, mar e ilha ▤✑✏
Mataram nosso zagueiro
Matéria de delicadeza ✏☞⌖
Melhores dias virão
Memórias mal-assombradas de um fantasma canhoto
Menino e o mar, O ✏
Miguel e o sexto ano ✏
Minha querida filhinha
Miopia e outros contos insólitos
Mistério de Ícaro, O ✪⚐
Mistério mora ao lado, O ▼✪
Mochila, A
Motorista que contava assustadoras histórias de amor, O ▼●▤⌖
Muito além da imaginação
Na mesma sintonia ⌖■
Na trilha do mamute ■✏☞⌖
Não se esqueçam da rosa ♠⌖
Nos passos da dança
Oh, Coração!
Passado nas mãos de Sandra, O ▼◎⌖○
Perseguição
Porta a porta ■▤❏◎✏⌘⌖
Porta do meu coração, A ◆⚐
Primavera pop! ✪📖⚐
Primeiro amor
Que tal passar um ano num país estrangeiro?
Quero ser belo ☑
Redes solidárias ◎▲❏✏⚐⌖
Reportagem mortal
Riso da morte, O
romeu@julieta.com.br ❏▤⌘⌖
Rua 46 †❏◎⌘⌖
Sabor de vitória ▤⌖○
Saci à solta
Sardenta ☞📖☑⌖
Savanas
Segredo de Estado ■☛
Sendo o que se é
Sete casos do detetive Xulé ■
Só entre nós – Abelardo e Heloísa ▤■
Só não venha de calça branca
Sofia e outros contos ☺
Sol é testemunha, O
Sorveteria, A
Surpresas da vida
Táli ☺
Tanto faz
Tenemit, a flor de lótus
Tigre na caverna, O
Triângulo de fogo
Última flor de abril, A
Um anarquista no sótão
Um balão caindo perto de nós
Um dia de matar! ●
Um e-mail em vermelho
Um sopro de esperança
Um trem para outro (?) mundo ✖
Uma janela para o crime
Uma trama perfeita
Vampíria
Vera Lúcia, verdade e luz ❏◆◎⌖
Vida no escuro, A
Viva a poesia viva ●❏◎✏📖⌖○
Viver melhor ❏◎⌖
Vô, cadê você?
Yakima, o menino-onça ♘∽○
Zero a zero

★ Prêmio Altamente Recomendável da FNLIJ
☆ Prêmio Jabuti
✻ Prêmio "João-de-Barro" (MG)
▲ Prêmio Adolfo Aizen - UBE
✑ Premiado na Bienal Nestlé de Literatura Brasileira
☛ Premiado na França e na Espanha
☺ Finalista do Prêmio Jabuti
♘ Recomendado pela FNLIJ
✖ Fundo Municipal de Educação - Petrópolis/RJ
✪ Fundação Luís Eduardo Magalhães
● CONAE-SP
⌖ Salão Capixaba-ES
▼ Secretaria Municipal de Educação (RJ)
■ Departamento de Bibliotecas Infantojuvenis da Secretaria Municipal da Cultura/SP
◆ Programa Uma Biblioteca em cada Município
❏ Programa Cantinho de Leitura (GO)
♠ Secretaria de Educação de MG/EJA - Ensino Fundamental
☞ Acervo Básico da FNLIJ
✈ Selecionado pela FNLIJ para a Feira de Bolonha
✏ Programa Nacional do Livro Didático
📖 Programa Bibliotecas Escolares (MG)
∽ Programa Nacional de Salas de Leitura
▤ Programa Cantinho de Leitura (MG)
◎ Programa de Bibliotecas das Escolas Estaduais (GO)
† Programa Biblioteca do Ensino Médio (PR)
⌘ Secretaria Municipal de Educação/SP
☑ Programa "Fome de Saber", da Faap (SP)
⚐ Secretaria de Educação e Cultura da Bahia
☒ Prefeitura de Santana do Parnaíba (SP)
○ Secretaria de Educação e Cultura de Vitória